LES
CALOMNIATEURS

ET

ÉPITRES

A LEDRU-ROLLIN ET A F. LAMENNAIS.

POÉSIES POPULAIRES

PAR LE CITOYEN

TOUSSAINT-FUNEL.

MARSEILLLE
IMPRIMERIE. — ASSOCIATION D'OUVRIERS ,
RUE CANEBIÈRE, 42.
—
1850

Pour ne pas encourir une pénalité
Nous avons eu recours à d'absurdes étoiles,
Nous avons dû jeter de diaphanes voiles
Sur les mots qui disaient trop fort la vérité.

LES CALOMNIATEURS.

Les Calomniateurs !... A ce nom, la colère
Surexcite mes sens, et mon cœur populaire
Exhale sa douleur en prosaïques vers.
Pour calmer les transports du mal qui m'agonise
Il faudrait qu'un Nessus leur jeta sa chemise,
Et qu'il les fît brûler aux yeux de l'Univers.

Il faudrait que de Dieu les puissances divines
Descendissent du Ciel dans leurs viles poitrines
Pour convertir leurs cœurs malthusiens et méchants.
Il faudrait du remords faire leur purgatoire.
Il faudrait de leurs pleurs remplir mon écritoire,
Et je tairais, alors, mes insipides chants !

Ma poignante douleur rend ma faiblesse immense.

Et je veux, cependant, dire ce que je pense,

Parce que j'ai pour Dieu l'ardente Vérité.

Je suis audacieux, parce que mes paroles,

Mon esprit et mon cœur n'adorent pour idoles,

Que l'Amour fraternel et que la Liberté!

Je hais, comme Alibaud, les tyrans populaires;

Mais je hais encor plus ces langues de vipères

Que l'on nomme Judas ou Calomniateurs;

Car ils savent cacher, sous des traits hypocrites,

Et par de faux discours, leur métier d'acolytes

Des ennemis du Peuple et de ses exploiteurs.

L'Ignorance et le Mal, ayant fait alliance,

Aux Calomniateurs ils ont donné naissance,

Et la Terre a reçu leurs difformes fœtus.

On a vu depuis lors, d'une matière immonde,

S'élever un autel sur la face du monde,

Pour adorer Mensonge et pour servir Plutus.

Les dards empoisonnés que lance Calomnie
Sont toujours dirigés vers l'homme de génie,
Ou sur le défenseur de la Fraternité.
Quand je fouille l'histoire et que je l'interroge,
Je vois, avec douleur, un long martyrologe
Peuplé de saints martyrs morts pour l'Humanité.

Les Calomniateurs ont condamné Socrate
A boire la ciguë, et ce grand démocrate
Est mort calomnié de la mort des héros.
Le saint Nazaréen, le divin sans-culotte,
Jésus, le fils de Dieu, l'immortel patriote,
Eut de vils imposteurs pour ignobles bourreaux.

Galilée a souffert la prison, la torture,
Parce qu'il avait dit, en bravant la censure :
C'est la Terre qui tourne et non pas le Soleil.
Robespierre a porté sa glorieuse tête
Sur l'échafaud hideux, parce que cet athlète
Aimait la Liberté d'un amour sans pareil.

Les Calomniateurs ont donné pour demeure
Aux Proudhon, aux Raspail, qui souffrent à cette heure,
Les solitaires murs d'une humide prison.
Enfin, des imposteurs la tourbe mensongère,
Verse aux Ledru-Rollin, sur la terre étrangère,
L'absinthe de l'exil, nostalgique poison.

Tout cœur républicain, toute âme évangélique,
Tout serviteur du Peuple et de la République,
Voit dresser sur ses pas des Calomniateurs.
Tout soldat du Progrès, tout zélé patriote,
Tout défenseur du Pauvre a son Iscariote,
De lâches ennemis et des persécuteurs.

Malgré les Imposteurs et malgré leur envie,
Le vrai Républicain sait consacrer sa vie
Pour le bonheur de tous et pour la Liberté :
Partout où le péril le réclame et l'appelle,
On le voit arriver, tout palpitant de zèle,
Prêt à donner son sang pour la Fraternité!

Le Républicain pur demeure sur la brèche

Sans se préoccuper de la cruelle flèche

Que décochent sur lui les Calomniateurs :

Il meurt, quand il le faut, au cri patriotique :

Vive la Liberté! Vive la République!

Haine éternelle aux Rois!... A bas les Empereurs!!!

Les persécutions, les noires calomnies,

Des Tartuffe du jour, dignes des gémonies,

A l'homme vertueux servent de stimulant.

Après avoir subi la saison des tempêtes,

Après que le tonnerre a grondé sur nos têtes,

Le Soleil reparaît plus chaud et plus brillant !

Peuple trop confiant, Peuple toujours crédule,

Les Calomniateurs te donnent la férule,

Et de ta main robuste ils frappent tes amis!

Avant de condamner tes serviteurs fidèles

Tu dois, des imposteurs, distiller les nouvelles

Au crible de ton cœur, populaire tamis.

Tu portes tes héros jusques au Capitole,

Puis du roc Tarpéien tu jettes ton idole

Pour avoir trop acquis de popularité.

Et l'on t'accuse, alors, de folle inconséquence,

Quand on devrait blâmer l'odieuse influence

Que les Laubardemont ont sur ta volonté.

Peuple, quand tu verras des hommes incolores,

De jaloux ignorants et des budgétivores

Insulter et flétrir tes nobles défenseurs :

— Ah! c'est assez — dis-leur — intrigants que vous êtes.

La sainte Vérité rayonne sur nos têtes,

Et le temps est passé des Calomniateurs!

Alors s'accomplira le désir populaire

De voir naître et briller l'aurore égalitaire

Qui doit donner à tous joie et félicité.

Et les Peuples unis, par l'amour qui féconde,

Élèveront ce cri des quatre coins du Monde :

Vive le règne saint de la Fraternité!!!

Toulon, Mars, 1850

A LEDRU-ROLLIN,

SOCIALISTE.

Vive Ledru-Rollin!..

Maître, quand Février t'eut couronné de gloire,

Alors que tu siégeais au Pouvoir provisoire,

Et que *de* Lamartine arrêtait de sa main

L'élan impétueux du char républicain :

Je t'ai vu chanceler au milieu de ta route

Entre la vérité, le mensonge et le doute.

L'étendard du Progrès, drapeau du genre humain,

Un instant s'échappa de ta puissante main :

Et je te vis, hélas! tomber en inertie

Sur le scabreux chemin de la Démocratie;

C'est alors que ma voix vibra pour t'accuser;

Aujourd'hui puisses-tu, Maître, me l'excuser!...

Mon esprit transporté par un fiévreux délire,

Cadança ma douleur en forme de satire.

Et je lançai sur toi, pénible est mon aveu,

Une accusation écrite avec du feu...

Mais soudain ton grand cœur, que la Patrie avive,

Pour le Peuple reprit sa ferveur primitive,

Et tu portes, depuis, sublime et martial,

Le divin labarum du Progrès social.

Si pour servir le Peuple à chaque heure je songe,

S'il me plaît de flétrir l'intrigue et le mensonge,

Si j'aime à souffleter le prévaricateur,

Il est plus agréable et plus doux à mon cœur

D'avoir à signaler la conduite exemplaire

D'un grand Républicain, d'un tribun populaire.

Oui, si je sais haïr les hérétiques Saul,

J'aime à les vénérer dès qu'ils deviennent Paul.

Je suis donc bien heureux, et ma joie est extrême,

De pouvoir, en ce jour, te dire que je t'aime ;

Et d'avoir à t'offrir des vers élogieux,

Dignement mérités par ton cœur glorieux !

Illustre défenseur de la cause publique,

Ledru-Rollin, reçois la couronne civique.

Que le Peuple Français, par sa majorité,

Avec reconnaissance, et dans son équité,

Dépose, avec bonheur, sur ta sublime tête,

Par l'inhabile main de son faible interprète,

Disant : — Honneur et gloire au grand LEDRU-ROLLIN,

Au chef des Montagnards, à cet homme divin,

Qui terrassait, d'un mot, éloquente avalanche,

Les modernes Judas de *la Montagne blanche!*

Estime, honneur, amour, gloire, immortalité,

A cet ami du Peuple et de l'Humanité!!!

    Les coupables suppôts d'un impossible Empire

Ont placé dans ta main la palme du martyre;

En t'exilant de France, ils t'ont, ces réacteurs,

Rendu cent fois plus grand et plus cher à nos cœurs!

Sacrifier au Peuple et son sang et sa vie,

C'est le sort le plus beau, le plus digne d'envie!

Heureux celui qui meurt pour la Fraternité!

Heureux qui peut mourir servant l'Humanité!...

    Quoiqu'absent du forum et loin de la Montagne,

Maître, lutte toujours, combats pour l'Allemagne.

Pour l'Italie en pleurs, pour la Pologne en deuil,

Et pour la France, hélas! sur le bord du cercueil!...

De la terre d'exil stigmatise le *traître*,

Promène dans la boue et Barrot et son maître, (1)

Interpelle et flétris ce criminel P******

Digne de Charenton ou bien de l********;

Car pendant qu'au dedans il sème l'indigence,

Il salit, au dehors, le drapeau de la France.

Enfin, reste toujours avec la Vérité,

Avec les droits du Peuple, avec la Liberté!

Et nous burinerons, sur les tables de pierre,

Ton nom, près de celui du sage Robespierre!

Bientôt tes ennemis, même tes assassins,

Chanteront ta grandeur au milieu de Moulins;

Et la France et l'Europe écriront ton histoire

Sur les feuillets dorés du livre de la gloire!

Hyeres, Octobre, 1849.

(1) M. Thiers.

EXISTE-T-IL UN DIEU?

A F. LAMENNAIS.

—

Existe-t-il un Dieu d'amour et d'harmonie,

Dont la toute puissance égale le génie

Et l'esprit la bonté?

Existe-t-il un Dieu paternel et propice,

Et n'arrive-t-il rien, soit bien ou maléfice,

Que par sa volonté?

Existe-t-il un Dieu terrible, inexorable,

Qui voit avec plaisir, d'un œil impitoyable,

Tous les maux des humains?

Existe-t-il un Dieu qui ne trouve de charmes

Qu'à lancer sur nos fronts des douleurs et des larmes,

De ses divines mains?

Existe-t-il un Dieu quand l'Opulence oisive
Verse sur l'Ouvrier, pour qu'il produise et vive,

      L'indigence et des pleurs?

Existe-t-il un Dieu quand je vois la misère
Maigrir et consumer, comme une immense ulcère,

      Le corps des Travailleurs?

Existe-t-il un Dieu quand d'occultes sicaires
S'engraissent, par le vol, des sueurs populaires

      Et de la Pauvreté?

Existe-t-il un Dieu quand je vois que le monde
Est partout infecté par le virus immonde

      De l'Inégalité?

Existe-t-il un Dieu quand le Travailleur pleure,
Sous le toit lézardé d'une pauvre demeure,

      Pour être vertueux?

Existe-t-il un Dieu quand je vois l'infàmie
Couler et savourer une existence amie

      Dans des lieux somptueux?

Existe-t-il un Dieu quand l'honnête Lazare

Se meurt, faute de pain, près d'un Rothschild avare

De bienfaits et d'amour?

Existe-t-il un Dieu quand le besoin tenaille

Le cœur immaculé de l'homme qui travaille

Et souffre chaque jour?

Existe-t-il un Dieu quand une vierge femme

Va, pour avoir du pain, prostituer son âme

A l'or des tentateurs?

Existe-t-il un Dieu quand la mère en guenilles

Vend la virginité de ses candides filles

A de vils corrupteurs?

Existe-t-il un Dieu quand de la Calomnie

La bave venimeuse obscurcit le génie

Ou salit de grands cœurs?

Existe-t-il un Dieu quand l'homme se ravale,

Et quand le Christ expire à la joie infernale

Des Calomniateurs?

Existe-t-il un Dieu quand notre chère France
Est encor sous les fers que rivent l'Ignorance
      Et la Réaction ?
Existe-t-il un Dieu quand ces hommes sinistres
Qu'on appelle Barrot et Falloux sont ministres
      De notre Nation ?

Existe-t-il un Dieu quand l'•••••••• publique
A nommé •••••••• de notre République
      Un plus roi que les rois ?
Existe-t-il un Dieu quand ma vue attentive
Voit les Thiers, les Molé, dans la Législative
      Et fabriquer nos lois ?

Existe-t-il un Dieu quand la Démocratie
A Londres, à Doullens, à Sainte-Pélagie,
      Voit ses saints défenseurs ?
Existe-t-il un Dieu quand d'innocentes âmes
Flottent. dans des pontons, sur la crète des lames,
      Au gré des oppresseurs ?

Existe-t-il un Dieu quand le Pouvoir s'empresse

De prohiber les clubs, de museler la Presse,

    D'étouffer nos désirs ?

Existe-t-il un Dieu quand la place publique

Me montre, relevé, l'échafaud politique

    Et le sang des martyrs ?

Existe-t-il un Dieu quand la luxure ronge

Ces hommes exécrés qui prêchent le mensonge

    De par la Vérité ?

Existe-t-il un Dieu quand ses prêtres rebelles,

Couverts d'or, de rubis, de rubans, de dentelles,

    Prêchent la pauvreté ?

Existe-t-il un Dieu quand l'Italie antique

Voit tomber et mourir sa noble République

    Sous le glaive et le lis ?

Existe-t-il un Dieu quand le Duc de Pancrace

Déshonore la France et que sa main ramasse

    Des lauriers avilis ?

Existe-t-il un Dieu quand le Pape lui-même

Lance, au nom de l'amour, un coupable anathème

    Sur ses fils libéraux ?

Existe-t-il un Dieu quand un indigne Pape

Bénit, au nom du Ciel, et le glaive qui frappe,

    Et le bras des bourreaux ?

Existe-t-il un Dieu quand je vois la Hongrie

Devenir, en un jour, la première patrie

    Puis si vite mourir ?

Existe-t-il un Dieu quand je vois la Victoire

Porter la Liberté sur le char de la Gloire,

    Puis tomber et périr ?

Existe-t-il un Dieu quand je vois l'Égoïsme

Écraser sous les pieds l'ange Socialisme

    Et la Fraternité ?

Existe-t-il un Dieu quand je vois tant de vices

Dévorer et marquer de mille cicatrices

    La pauvre Humanité ?

Existe-t-il un Dieu quand Satan se relève

Et qu'il dit au Seigneur, en brandissant son glaive :

Je suis ton Souverain ?

Existe-t-il un Dieu quand l'Oisif se redresse

Et qu'il dit : Travailleurs, engraissez ma paresse

Ou vous mourrez de faim ?

Existe-t-il un Dieu quand sur notre rivage

Débarque de nouveau l'infernal esclavage,

Radieux et vainqueur ?

Existe-t-il un Dieu quand chacun se désole,

Quand toute âme gémit et que nul ne console

Mon cœur, mon pauvre cœur ?

Lamennais, Lamennais! verse-moi l'espérance

Et redonne à mon cœur la douce confiance

Qu'on trouve dans la Foi !

Mon esprit s'est couvert des ténèbres du doute :

Je me suis égaré dans la nuit de la route :

Lamennais, sauve-moi ! ! !

Soleil républicain, que ta clarté m'inonde !

Ange tombé du Ciel, guide-moi dans ce monde

      Egoïste et méchant.

Tire-moi, par la main, de la bourbeuse ornière

Et noble Patriarche, exauce la prière

      Que t'adresse un enfant !...

Toulon, Septembre, 1849.

A TOUSSAINT-FUNEL.

CITOYEN,

Vous avez la foi aux grands principes qui sauveront le monde, la foi au dogme saint proclamé par nos pères : LIBERTÉ, ÉGALITÉ, FRATERNITÉ.

Vous aspirez au bien que l'avenir réalisera sans aucun doute ; vous vous indignez des obstacles qu'opposent à son développement l'égoïsme des hommes du passé. Ce sont là, certes, des sentiments auxquels on ne peut qu'applaudir, et qui, chaque jour plus répandus, chaque jour plus affermis dans le cœur du Peuple encore en partie plongé dans l'ignorance où des ennemis s'efforcent de le maintenir, transformeront la société.

Prions Dieu *que son règne arrive*, et il arrivera quand la lumière aura percé les nuages dont on l'enveloppe avec tant de soin.

Il y a du mouvement dans vos vers, mais un peu aussi de cette inexpérience inévitable aux premiers essais. Achevez de former votre talent par le travail. Tous les arts exigent de l'étude et une longue étude, et l'art d'écrire n'est pas celui qui en exige le moins. Tous les maîtres l'ont dit et répété depuis vingt siècles.

Recevez, citoyen Toussaint-Funel, avec mes remercîmens, l'assurance de mes sentimens affectueux.

F. LAMENNAIS.

Representant du Peuple.

Paris, Septembre, 1849.

LE PEUPLE.

———◦◦◦◦◦◦———

À LOUIS-NAPOLÉON BONAPARTE,

PRÉSIDENT DE LA RÉPUBLIQUE.

—

Le Peuple, Président, n'est pas, comme on le dit,
Un enfant, un ingrat, un pillard, un bandit,
Non! Il est le Dieu fort qui tient sur ses épaules
Le monde en équilibre au milieu des deux pôles.
Son cœur est tout amour et sa virile main
Donne à ses défenseurs, au nom du genre humain,
La couronne civique et la palme immortelle
Que respecte le Temps dans sa course éternelle!
Mais, quand il est trompé dans sa crédulité,
Il n'entend plus la voix de la Fraternité;
Et quand la Trahison, que parfois il tolère,
Souffle au fond de son cœur le vent de la colère,
On le voit se dresser, au signal du beffroi,
Jetant à l'échafaud une tête de roi;
Montrant par Louis Seize aux monarques du monde
Combien ils sont petits quand sa vengeance gronde!

Son héroïque cœur fut de Napoléon,

Durant deux fois dix ans, le vivant panthéon :

Mais dès qu'il vit son Dieu protéger l'esclavage

Il le laissa partir pour cette île sauvage,

Où l'Empereur captif dit et redit deux fois :

Je serai regretté par mes frères les rois !

Dans six jours de combats, d'auguste souvenance.

Philippe et Charles Dix furent chassés de France,

Et le Peuple clément couvrit, dans sa bonté,

D'indulgence et d'oubli l'infâme royauté !

Ce Peuple, Président, à cette heure il médite ;

Il faut peu, tu le sais, pour que son cœur s'irrite.

Ou de crainte ou d'espoir il est tout palpitant ;

Il t'observe, il te suit, il te juge, il attend :

Demain tu recevras son baiser populaire

Ou les coups écrasants de sa mâle colère !

Ah ! préviens les transports qu'enfante sa douleur,

Ou sur les Malthusiens malheur ! malheur ! malheur !!!

(Extrait de : Le Fouet, a Louis-Napoléon Bonaparte.)

FIN.